¡Beso, beso!

Margaret Wild • Bridget Strevens-Marzo

Ediciones Ekaré

Una mañana, Bebé Hipopótamo
tenía tanta prisa por ir a jugar,
que olvidó darle un beso a su mamá.

—¡Ay! —dijo la mamá.

Por el barro pega pegajoso chapoteó Bebé Hipopótamo.
Y esto fue lo que oyó...

¡Beso, beso!

Por las rocas roco rocosas caminó Bebé Hipopótamo.

Y esto fue lo que oyó...

¡Beso, beso!

Por la orilla resba resbalosa trepó Bebé Hipopótamo.
Y esto fue lo que oyó...

¡Beso, beso!

Por la hierba cosqui cosquillosa trotó Bebé Hipopótamo.
Y esto fue lo que oyó...

¡Beso, beso!

Por el bosque frondo frondoso paseó Bebé Hipopótamo.
Y esto fue lo que oyó...

¡Beso, beso!

Bebé Hipopótamo se detuvo.

De repente, recordó algo que había olvidado hacer.

Corrió por el bosque frondo frondoso,

atravesó la hierba cosqui cosquillosa,

bajó por la orilla resba resbalosa,

rodeó las rocas roco rocosas,

y cruzó el barro pega pegajoso para encontrar a su mamá.

Pero la mamá no estaba en ninguna parte.

—¡Ay! —dijo Bebé Hipopótamo.

Entonces, de las aguas profundas surgieron dos ojos brillantes,
dos pequeñitas orejas y una ancha nariz que resopló.
-¡Piquitibú!

Bebé Hipopótamo estaba dichoso.

-¿Beso, beso? -preguntó.

-¡Beso, BESO! -dijo la mamá.

Para Karen y Olivia—MW

Para Ella—BS-M

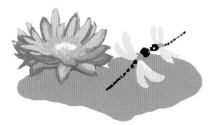

Traducción: Verónica Uribe

Primera edición, 2004

© texto, Margaret Wild, 2003
© ilustración, Bridget Strevens-Marzo, 2003
© 2004, Ediciones Ekaré

Edif. Banco del Libro, Av. Luis Roche, Altamira Sur,
Caracas 1062, Venezuela. www.ekare.com

ISBN: 980-257-309-4 (Tapa dura) · ISBN: 980-257-310-8 (Rústica)
HECHO EL DEPÓSITO DE LEY. Depósito Legal If15200480O1781
Impreso en Phoenix Offset, Hong Kong